RAVINE LEREUX

Una breve historia sobrenatural

E. DENISE BILLUPS

Traducido por
AINHOA MUÑOZ

*El cuervo dobla al infinito, arroja luz a la oscuridad
y guía a las almas perdidas hacia su verdadero ser.*

"La mente del cuervo es sabia".
~Proverbio celta~

CAILLEACH

Ten cuidado con Cailleach, la dama
    velada
Se disfraza de muchas formas
Una hermosa hechicera
Una vieja bruja
E incluso un cuervo o una corneja
Domina la tierra y el mar a su
    voluntad
Robando los cielos con nubes
    oscuras
Encantando el bosque en la niebla
Y desatando la tempestad del
    invierno
Cuando los cielos abiertos se de-
    tengan y los cuervos aparezcan
Sabrás que está aquí.

~E. Denise Billups~

En la mitología celta, Cailleach (pronunciado como Key-leich) es una divinidad, creadora y deidad del clima. Diosa del invierno y de la primavera, se mantiene siempre joven como las estaciones e infinitamente renovada, y se cree que esta se aparece de muchas formas, incluyendo cuervos y cornejas. En tiempos de guerra hace encantamientos con la niebla y forma nubes oscuras sobre los campos de batalla. Es tan antigua como la propia historia.

OLIVIA
LUNA EN CUARTO CRECIENTE

-LA LUNA ESTÁ EN CUARTO CRECIENTE… ESTAMOS A SALVO.

Olivia Lereux se inclina en medio de la noche y entrecierra sus ojos verdes criollos franceses mientras observa las dos caras de la luna; mitad oscura y mitad luminosa. Suspira y tira del chal a cuadros sobre sus delgados hombros mientras vislumbra una densa niebla que envuelve Frenchman Bay, y más a lo lejos, Porcupine Island. Un paisaje que tanto ella como su hermano Edward contemplaron en silencio durante muchas noches en el porche. Olivia se recuesta en su silla de mimbre, la cual cruje bajo su cuerpo frágil. Inclina su cabeza mientras saborea la fría niebla en su rostro y un chorrito de té de hierbas por su garganta. La infusión alivia el dolor punzante que ataca a sus brazos y piernas como si fueran minúsculas hernias volcánicas. Una dolencia mensual que sufre desde los dieciocho años y que se intensifica con la vejez.

-La luna está en cuarto creciente, Axel- dice esta, masajeando la cabeza de su querido perro border collie color chocolate.

Axel ladra dos veces, se levanta sobre sus dos patas y aúlla un doble "Auuu", que suena casi humano.

-Yo también te quiero-dice ella con una risa entre dientes ante su mimetismo, que este suele mostrar cuando le hablas directamente. Levanta su mirada lobuna de ojos amarillos y empuja su nariz hacia donde está ella, en un movimiento para un masaje que esta le da de forma refleja con una doble recompensa que le encanta: que le rasquen detrás de las orejas-Mi fiel compañero…

Sin él, ella estaría sola cuando el trabajo aisla a Edward durante días en el laboratorio.

-Umm…se ha marchado por un tiempo…quizá dos o tres días-Rebusca en su memoria, recordando que el sábado preparó un pastel de manzana, hace tres días-Edward y aquel joven…¿Cómo se llama? Se comieron varios trozos de pastel en el porche. ¿O fue hace una semana?

Sin embargo, sabe que regresará. A Olivia no le importa estar sola en los acantilados, lejos de la ciudad y de la gente, salvo de la familia Gibson que vive en la misma calle. De vez en cuando, su hijo aparece tras las caminatas de fin de semana por los acantilados. Ella recibe su visita ofreciéndole su preciado pastel de manzana cortland y sidra. Rebusca en su mente para recordar su nombre.

-Brad…Ben…oh sí, Brent…un hombre encantador.

Una nube de color ébano se lleva la luna, tiñendo la noche de negro ónice. Olivia se inclina hacia delante y observa un bulto extraño rodando hacia el oeste. Sus pensamientos divagan. La oscuridad nubla su mente una vez más.

RAVINE
ÚNICA BENEFICIARIA

-¿QUÉ LE OCURRIÓ A LA LUNA LLENA?-Ravine se agacha y observa por el parabrisas un bulto oscuro que divide a la esfera brillante-Es extraño. ¿Los eclipses no se producen durante el día? Quizá solo sea una nube.

Se reclina en el asiento del conductor mientras mira aquello que se ha convertido en una constante en su vida: las autopistas.

-Otra vez viajando…soy una vagabunda, como mis padres-suspira.

Jamás se ha quedado en un mismo lugar durante demasiado tiempo. Siente un hormigueo y se marcha; ella sola, con el coche, la cámara, el ordenador portátil y los artículos de primera necesidad. Ahora viaja por un camino familiar, hacia un lugar al que juró no regresar jamás hace seis años. Pero en el fondo, sabía que algún día lo haría. Por las mismas razones que le llevaron hasta Covington Cove a los siete años, un destino parecido le hace regresar. Una maldición familiar de la que una vez dudó y en la que ahora empieza a creer.

-Una, dos, tres...es inútil-cuenta las líneas blancas de la carretera hasta cien y luego empieza otra vez; es un juego para estar alerta y mantener a raya las preocupaciones. La tía Olivia y el tío Edward suelen contar entre veinticinco y veintisiete líneas.

Pronto, las líneas de la carretera se vuelven hipnóticas, juntando olas blancas en un mar de alquitrán. El coche se desvía. Suena un claxon. Ravine se sitúa en el carril derecho, reduce la velocidad del vehículo, toma la Pepsi del portavasos y bebe un sorbo tibio. Es su cuarta lata.

Por detrás, un coche acelera hasta ponerse a su altura en el carril izquierdo. El conductor, enrojecido, profiere palabras de enfado tras el cristal empañado. Ella quiere gritar: "Vale amigo, cálmate", aunque no lo hace. No está preparada para encargarse de la furia de la carretera y de un hombre el doble de su tamaño. El coche gira a la izquierda y acelera.

"VIVE LIBRE O MUERE".

El lema de New Hampshire aparece en la matrícula de su automóvil.

-Vale, es libre de acelerar por un acantilado alto-dice ella sonriendo.

Un camión pasa a toda velocidad acarreando su

sangrienta carnicería en la parte trasera; dos ciervos grandes.

-Cabrones…-murmura, apartando la mirada. La luz de combustible bajo capta su atención-Mierda-maldice golpeando el volante. El depósito está casi vacío. La siguiente gasolinera se encuentra a casi dos kilómetros y medio de distancia. ¿Aguantará el coche hasta allí?

Sale de la autopista y sigue por la cuesta hacia Portsmouth, una pintoresca ciudad portuaria de New Hampshire. Ya en la gasolinera, baja la ventanilla y respira el aire limpio y fresco de octubre. Un joven llega corriendo hacia el coche.

-Lleno, por favor. Con gasolina normal-el olor punzante invade el interior del vehículo. Ravine respira profundamente y exhala un vaho que siempre le encantó.

-Serán cuarenta y siete dólares.

-Efectivo, ¿vale?-pregunta, entregándole billetes arrugados.

-Gracias-dice el joven tomando el dinero.

Un restaurante local situado junto a la gasolinera parece un buen lugar para una parada de descanso. Ravine mete el coche en el aparcamiento y vislumbra un reflejo en el espejo retrovisor muy parecido al de la tía Olivia, aunque el viaje de seis horas ha embotado sus sentidos y su piel. Un poco de brillo de labios y base será suficiente. Se pone el ajustado suéter de mezcla de algodón encima de su vientre al aire, metiéndoselo después por sus pantalones pitillo, y sale del coche. Levantando la cabeza y echándose la chaqueta negra sobre sus hombros, aprecia cómo la luna llena se disfraza de media luna.

Dentro del restaurante, Ravine se sienta junto a una mesa y en seguida aparece una camarera vivaracha y treintañera.

-Buenas noches, cariño, ¿qué te sirvo?

Cariño...podría ser una perra malvada por lo que ella me conoce, o sea nada-piensa Ravine.

La camarera hace una pausa mientras masca chicle y la punta de un lápiz flota sobre su libreta. El poco favorecedor tono labial color carmesí, que se destiñe bajo sus finos labios, no es apropiado para su tez aceitunada. El moño apretado hace que sus ojos parezcan extraños. Su intenso perfume se mezcla con el aroma de las cebollas, el pescado y las patatas fritas que viene de la mesa de delante. Ravine contiene la respiración y trata de no vomitar.

-Espero que no te moleste, pero tus ojos son algo hermosos y perversos. ¿Sacaste los ojos verdes de tu padre o de tu madre?-pregunta la camarera curiosa.

-Gracias. De mi madre, supongo, aunque es un rasgo familiar.

-Te pareces a esos criollos...son gente muy atractiva.

"Esos criollos"...algunas personas no piensan antes de hablar, pero Ravine percibe que esta es simplemente curiosa, no una intolerante sin sensibilidad.

-Y estarías en lo cierto-responde.

-Tengo una habilidad para eso. Observando a la gente que hay en este lugar consigo que un turno largo sea más llevadero. Espero no haberte ofendido.

-No, en absoluto.

-Entonces, ¿qué quieres, cariño?

-Un chocolate caliente grande.

-¿Algo más? Acabamos de hacer una hornada de pasteles de manzana frescos. ¿Quieres un trozo, o un poco de sopa de almejas? Preparamos la mejor de la ciudad.

Nadie hace un pastel de manzana tan rico como el de la tía Olivia-piensa Ravine.

-Tomaré un trozo de pastel-dice.

-Ajá-responde la camarera mientras el lápiz rasga la libreta con estudiada precisión-Ahora vuelvo cariño.

Ravine respira hondo, saca un sobre arrugado de su bolso y presiona los pliegues del papel familiar de cachemira. La inquietante carta del tío Edward llegó ayer y en la misma le revelaba que ella era la única beneficiaria de los bienes de Olivia y de él.

La ansiedad que le atormentaba cuando era una niña regresó a su mente, al igual que cuando se dio cuenta de que sus padres se habían ido para siempre. El tono de la carta hizo que se le revolviera el estómago. Corrió hasta el teléfono, y tras ver que nadie contestaba al fijo, marcó el número de móvil de Edward. Después de varios intentos entró en pánico, aplazó una sesión fotográfica, hizo las maletas y corrió hasta el coche.

Durante años rezó para que la maldición de la familia Lereux se hubiese llevado a sus últimas víctimas, sus padres. Pero ahora le preocupa que alguien más de su familia haya corrido la misma suerte.

Hace quince años, cuando su padre y su madre desaparecieron, Edward y Olivia la acogieron. Se convirtieron en sus únicos tutores y ahora ella es su única beneficiaria.

Ravine:

Espero que esta carta te pille bien, mi dulce niña. De forma adjunta a esta encontrarás dos testamentos, el de Olivia y el mío. Eres la única hija que conocimos y te queremos como a uno de los nuestros. Por lo tanto, eres la única beneficiaria de nuestro patrimonio; el terreno, la casa y varias inversiones que hicimos a lo largo de los años.

La casa es especial para nosotros. Ha mantenido a los Lereux cerca del entorno natural que necesitan. Pronto llegarás a comprender quién y qué eres y también a apreciar la casa.

Con el paso del tiempo me he preparado para tu regreso. En el sótano hallarás el resultado de años de trabajo. No hace falta explicar nada. Te he dejado instrucciones para guiarte hacia tu nueva vida.

Si nos pasa algo, por favor, cuida bien de Axel, es una mascota especial para nosotros. Y no te olvides de poner comida en la jaula para nuestros visitantes con plumas.

Te quiere siempre,
Edward

Algo va mal…¿por qué Edward me enviaría esto salvo que se encuentren enfermos o estén esperando la muerte?-piensa Ravine. Esta saca la segunda hoja de papel del sobre y echa un vistazo a los detalles del testamento. Siempre dio por hecho que ella heredaría su patrimonio, aunque no esperaba que se lo confirmasen tan pronto. No está preparada para perder a sus tíos, todavía no. Como cabría esperar, todo es suyo, incluso la casa a la que juró no regresar jamás. Su cartera de inversiones la deja pasmada. La vida modesta que llevaban como investigadores científicos no mostraba indicios de su riqueza.

Con la última petición de Edward para cuidar de Axel, ella teme algo inminente, aunque a ellos les quedan años para pasar con su querida mascota.

¿Verdad?-piensa ella. Nunca ha visto al border collie de tres años de edad, pero la tía Olivia lo quiere como a un niño, no como a un animal. Cuando se jubiló, Olivia adoptó a Axel desde un compañero de trabajo del laboratorio. Tres años después, Ravine aún recuerda la voz emocionada de Olivia resonando por el teléfono.

-Rave, ¿saludas a Axel?-Axel ladró y aulló por el altavoz del teléfono mientras Olivia lo mimaba como a un niño-Es muy buen chico-dijo en un tono optimista.

En ese momento, Ravine no detectó el olvido sutil que más tarde robaría la mente de Olivia. Pensaba que los líos ocasionales se debían al envejecimiento normal.

-Tendría que haber estado ahí para ella-se dice a sí misma.

Tras la universidad, las llamadas telefónicas se volvieron menos habituales. Los viajes de trabajo continuos como fotógrafa de naturaleza reducen las llamadas, pasando de una vez por semana a una vez al mes. Y con la aparición del alzhéimer las conversaciones eran un desafío. La última vez que había hablado con Olivia fue hace un mes. Su voz se repite dolorosamente en la mente de Ravine:

-Rave, ¿ocurre algo? ¿Por qué no estás en clase?

Ravine mantuvo la calma y dijo con naturalidad: "Olivia, tengo veintidós años". Se produjo un silencio absoluto. En otras ocasiones Olivia olvidaba el nombre de Ravine, y una vez colgó el teléfono pensando que un extraño había marcado un número incorrecto. La mujer fuerte e independiente de su juventud se volvió vulnerable. El deterioro del estado mental de Olivia era y sigue siendo alarmante y tan doloroso como perder a sus padres.

-¡Míralo!-suena bruscamente desde la cocina, seguido de un estruendo metálico y un "¡Maldita sea!"

Ravine gira la cabeza hacia la puerta batiente de la cocina. La camarera sale, maldiciendo, mientras limpia una mancha amarilla brillante de su ropa. Sigue andando hacia un cliente, coloca su pedido en la mesa y después corre al lavabo.

Ravine vuelve a poner su atención en el testamento de Edward y en la casa de cuento de la que huyó para ir a la universidad. Regresar a la querida casita de su familia junto al acantilado es complicado; es un lugar que siempre sintió como si fuese de otro mundo, embrujado por algo que no era humano. Cuando era una niña presenció extrañas apariciones nocturnas; sucesos que Edward y Olivia atribuyeron a los sueños o a los espejismos de los acantilados brumosos. Ella sabía que no eran eso, ya que estaba muy despierta debido a los deslizamientos y jamás podía volver a dormirse después de aquello. Seis años después aún tiene dudas.

¿Aquello era real o simplemente la niebla engañaba a mis ojos?-piensa.

Ravine sentía que su tía y su tío guardaban muchos secretos. Olivia solía decir que "los Lereux no son gente normal", y extendía esa afirmación con una historia desgastada por el paso del tiempo sobre sus antepasados criollos franceses, la cual sonaba a leyenda.

Animada, Olivia contó la historia de Aimee Darbonne y Henri Lereux en lenguaje criollo:

"En 1854 una bruja escocesa maldijo a nuestra familia. Esta mujer era alguien que fue rechazada por un amigo, el cual se enamoró locamente de Aimee Darbonne, una hermosa mujer de Saint-Domingue que era nuestra antepasada. Cuando Henri Lereux eligió a Aimee en su lugar, la mujer escocesa, celosa de la belleza de la criolla francesa, la maldijo a ella y a sus descendientes con la "Cailleach". La costumbre de la "Placage" que existía en Nueva Orleans, impidió que Henri Lereux se casara con Aimee. Se marcharon de Nueva Orleans recorriendo la Costa Este, siempre cerca del bosque y del mar. Finalmente llegaron hasta Maine y hasta Covington Cove, donde se quedaron en la casa en la que han habitado las siguientes generaciones de los Lereux. Aimee y Henri se convirtieron en pareja de hecho y tuvieron tres hijas y un hijo. Cuando su primera hija cumplió dieciocho años comenzó la maldición. Henri y Aimee desaparecieron para no ser vistos nunca más. Mucha gente afirmó haber visto cuervos sobrevolando su casa la noche que desaparecieron".

Ravine siempre había pensado que esa historia era una fábula, como muchos de los cuentos de Olivia, y muchas veces sentía que esta omitía los detalles. Cuando preguntó por qué aparecieron los cuervos, su tía respondió: "Oh, cariño, los cuervos son ángeles que guían a las almas a un lugar celestial". Después comprendió que los cuervos son símbolos de malos presagios y muerte. Olivia mintió para apaciguar sus temores. Con la familia Lereux cada vez con menos miembros, la historia de Olivia bien puede encerrar una verdad siniestra.

"Cuando llegue el momento, el mejor lugar para la gente como nosotros son los acantilados que se adentran en el mar"-La voz de Olivia resuena en su mente-¿Qué quiso decir con eso?-De alguna extraña manera, aquel lugar llama a Ravine.

"Cuando llegue el momento…"

Ravine cree que sabe a qué se refería Olivia. Durante cuatro años se produjo una evolución en el interior de su cuerpo, creciendo y añorando ser alguien más que Ravine Lereux. Los sutiles crujidos que susurran a través de sus huesos se vuelven más fuertes una vez al mes. Después de cada episodio, Ravine se despierta desnuda a la mañana siguiente, con la ropa desparramada por la casa, sin recordar lo sucedido.

Nunca olvidará la primera vez que ocurrió esto ni la expresión horrorizada de su exnovio. Este se tiró de la cama y retrocedió hasta darse con la pared, despertándola sobresaltada.

-¿Tommy? ¿Qué pasa?

-Rave-tartamudeó con los ojos desorbitados-¡Mira tu cuerpo!

-¿Qué? ¿De qué estás hablando?

Este le arrancó la sábana de su piel y le examinó como si fuese un médico. La repulsión y la confusión salpicaron su rostro mientras temblaba y se alejaba-Lo he visto…estaba ahí.

-¿Qué había ahí?-entonces sintió que sus músculos se relajaban y su piel se contraía. Algo se asentó y se retiró dentro de ella. Abrazó su cintura para controlar los hormigueos que se movían por sus entrañas. Asustada de su cuerpo y del miedo que se reflejaba en el rostro de Tommy, su respiración y su corazón se aceleraron. Algo se deslizó, ocultándose en el interior como si hubiese sentido su terror. Ella se tensó con su retroceso.

Vistiéndose rápidamente y con los ojos fuera de sí, como si acabase de ver una película de terror, Tommy tartamudeó: "No sé…tengo que irme". Apresurándose hacia la puerta del dormitorio, murmuró: "Yo…um…te llamaré después".

Nunca lo hizo. Ravine llamó y dejó mensajes varias veces, pero él jamás le devolvió las llamadas. Fuera lo que fuera lo que vio Tommy, fue lo bastante aterrador para poner fin a una relación de catorce meses.

Nunca más…-se juró a sí misma-Es muy doloroso acercarse a cualquiera. Tengo algo malo, algo que los demás ven y yo no-Lo siente crecer, intentando despertar. El instinto y sus huesos crujiendo le dicen que la tía Olivia omitió información clave sobre los Lereux.

Relee furiosa las palabras de Edward: "*Pronto llegarás a comprender quién y qué eres…*"

-¿Qué quiere decir?-murmura-¿Qué demonios soy?

OLIVIA
LA JAULA

AXEL SE REVUELVE DE SU SITIO Y LADRA EN MEDIO DE LA NOCHE.
Girando la cabeza, vuelve a ladrar, captando la atención de Olivia, sacándola de ese lugar que ha estado mirando fijamente durante diez minutos. Una silueta triangular pasa volando delante de sus ojos hacia la jaula de hierro forjado a escala humana que Edward construyó hace veinte años, a raíz de las visitas recurrentes de su amigo con plumas cada mes con la luna llena. El canto fúnebre ruidoso de un cuervo inunda el patio trasero, perturbando y despertando la conciencia nublada de Olivia. Esta vuelve a mirar la luna en cuarto creciente.

-Llegan cinco días antes.

Axel corre hacia el borde del porche, ladra al

cielo y después muestra sus dientes con un gruñido largo.

-Axel, ¿qué pasa chico?-Olivia se levanta de la silla y mira la jaula de estilo gótico que preside el jardín como una bóveda de hierro. El jardín descuidado, ahora lleno de malas hierbas, se entrelaza con enredaderas de glicina como rastas que trepan por barandillas de metal y forman un hastial lleno de nudos.

-Juraría que Edward podó el jardín hace una semana. No pueden haber crecido tan rápido. Bueno, al menos la jaula está limpia y lista para los invitados-dice Olivia. Sin embargo, esta noche la llegada anticipada de los cuervos la pilló desprevenida-No hay huevos esta noche, amigos míos-pero en la jaula siempre hay maíz partido, semillas mixtas, nueces, arándanos frescos y agua. Olivia está aturdida, con la mente flotando entre el pasado y el presente.

"Croc…croc…"

Varios pájaros sobrevuelan el tejado. Se elevan hasta los cielos de obsidiana, bajan en picado y después se deslizan hacia el interior de la jaula.

La mente debilitada de Olivia despierta con preocupación-Esta noche tenemos visita-Axel se esconde bajo el sofá de mimbre y gruñe-Bueno, si te sientes así, quédate-dice, perpleja por su reacción.

Olivia saca una linterna de una cesta que hay tras la puerta de la cocina. Temiendo romperse sus huesos marchitos de setenta años, baja las escaleras del porche con cautela y agita la linterna de un lado a otro del patio en brumas. Pese al muro de piedra que rodea el perímetro del patio trasero, a Olivia le preocupa el acantilado rocoso que flanquea la casita; es consciente de la escalera de madera que lleva hasta la playa pedregosa de abajo y también a precipitarse a una muerte peñascosa accidental. Se le hace un nudo en el estómago. Una imagen aparece en su mente y después se desvanece. Algo malo sucedió allí, pero la memoria vuelve a fallarle.

Una misteriosa charla con sonido humano se desvanece cuando Olivia se acerca a la bóveda de hierro. Al entrar, esta jadea ante el cacareo silencioso de los cuervos. Posados alrededor de la jaula sobre los peldaños de hierro, vigilan como si fuesen centinelas con alas; el color negro de las plumas contrasta con la niebla pálida que se arremolina alrededor de la jaula.

¿Por qué hay tantos esta noche?-se pregunta. Cuenta diecinueve cuervos. Nunca vinieron tantos juntos, solo cuando hay luna llena.

Una vaga sensación de gravedad afecta a su memoria defectuosa como si se tratara de una sirena demasiado lejana para percibirla; un pitido que molesta a su mente.

¿Habré calculado mal su llegada?-piensa. La duda le nubla el juicio. Últimamente ha estado muy distraída; aquello le deja cuestionándose su realidad. Algunos días no es capaz de contar las horas perdidas y con frecuencia se despierta sin ser consciente de sí misma ni de su entorno. Lo más inquietante fue olvidar su propia edad hasta que vio sus manos arrugadas y su imagen en el espejo. Sufría un gran dolor agudo.

Otro cuervo entra en la jaula.

-Veinte-susurra y se rasca la cabeza. Le sorprende que los cuervos no estén dándose un banquete-¿Por qué no estáis comiendo, amigos míos?

La quietud de las aves despierta el nerviosismo de Olivia. No comen, no baten sus alas ni juegan a empujones. Esta noche están tranquilas. Ella espera que tal vez se esté formando una tormenta o algún suceso natural que haya provocado que todos los cuervos se reuniesen tan pronto.

-Decidme, amigos míos, ¿por qué razón habéis venido tan pronto?-la voz de Edward surge desde su memoria menguante: "Recuerda que la llegada del cuervo es un mal presagio".

Un día después de que Edward se marchara, apareció un cuervo extraño con el pico blanco y a rayas. Streak, que así es como ella había llamado al cuervo cariñoso, parpadea sus ojos de carbón dos veces y revolotea desde su posición hasta llegar cerca de la cabeza de Olivia. A ella nunca le dieron miedo los pájaros grandes. Desde el instante en que estos aparecieron, jamás picotearon ni arañaron y tomaron a Edward y a ella como a viejos amigos. Olivia levanta su brazo y Streak aterriza suavemente sobre este. El ave grazna y gira la cabeza.

-¿Estás intentando decirme algo, Streak?

Su pico con motas blancas le recuerda a Olivia una mancha de color gris que decolora el cabello castaño oscuro de Edward desde su nacimiento. Streak se aleja de su brazo y se une al apretado grupo de cuervos. La mirada fija de estos, clavada en ella, le causa más inquietud. Los animales que están alerta pueden atacar sin previo aviso cuando sienten el peligro; Olivia da un paso atrás.

Algo los asustó. ¿Seré yo?-piensa.

Deambula con la linterna hasta las barandillas de la jaula, iluminando el jardín descuidado. Registrando a lo ancho y por lo bajo, la única cosa rara que encuentra es la ausencia de Axel. Normalmente este corre alrededor de la jaula olfateando y ladrando contento por ver a los cuervos, aunque nunca se acercó demasiado. La luz brilla a través de la ventana de la cocina hacia el porche trasero, resaltando la postura agachada de Axel.

"Grrrr"

Axel gruñe a Olivia mostrando sus dientes, gime y después corretea al interior.

La alerta aflige sus sentidos. El perro nunca había hecho eso antes. Inquieta, Olivia sale de la jaula.

-Comed y tened cuidado esta noche, amigos con plumas-dice en un tono prudente.

Arrastrándose por el camino e iluminando el patio con la linterna, el destello rebota en las cubiertas metálicas de las ventanas de la cochera, salpicando de oscuridad por fuera del muro de piedra.

"¡Cailleach!"

Olivia se queda helada. Sin estar segura de dónde procede dicha voz, mueve la linterna en todas direcciones.

-¿Quién está ahí?

"Cailleach" resuena en su mente, a su alrededor y también en la oscuridad.

Se gira, iluminando la jaula, la cochera, los acantilados negros…no hay nada ahí salvo los pájaros. Olivia se apresura hacia la casa, sintiendo unos ojos y un silencio horripilante detrás suyo. No hay ni un revuelo. Corriendo hacia dentro de la casa, cierra la puerta y grita: "¡Edward!". Inmediatamente recuerda que está sola, generando una grave alarma. Echa el cerrojo, baja la luz de la cocina y se pregunta qué fue lo que asustó a Axel afuera. Este siempre corre hacia su rincón favorito para estar cómodo.

-¿Axel?

Dentro del estudio, el cojín hundido de color carmesí de Axel yace vacío cerca del fuego menguante. Una llama estalla y chispea mientras la ceniza cae en la chimenea con leña. Ella no recuerda haber encendido un fuego. Por la ventana, una gran luna llena cubre la pantalla del ordenador; Edward revisa el software astral cada noche, siguiendo la fase lunar.

¿Está Edward en casa?-se pregunta. Olivia no recuerda la última vez que ella ejecutó el programa o lo usó esta noche para ese asunto. Un recuadro con texto rojo le avisa: el software ha caducado. Renovar la suscripción.

Un zumbido gira como un panal dentro de la cabeza de Olivia. Esta se deja caer en la silla con los ojos aturdidos, las mejillas caídas y la mente estancada. El zumbido azota su cerebro, eliminando los pensamientos previos y la reunión de cuervos en el patio trasero.

RAVINE

LA CAMARERA DE BAH HAHBA

-A QUÍ ESTÁ TU PASTEL, CARIÑO.

-¡Oh!-Ravine levanta la mirada sobresaltada.

-No quise asustarte, estabas muy distraída-dice la camarera, dejando el pastel de manzana y el chocolate caliente en la mesa y ajustándose la enorme camiseta color gris carbón con la que ha sustituido la camiseta manchada.

-Lo estaba-murmura Ravine, metiendo la carta en su bolso y sentándose erguida en la mesa.

-¿De dónde eres, cariño?

-¿Eh? Ah, de todas partes…bueno, viajo mucho debido a mi trabajo, pero realmente soy de Maine. Me dirijo hacia allí.

-¡No me digas! Yo soy de Maine y crecí en Bah Hahba. ¿De qué zona eres?

Bar Harbor-repite Ravine corrigiendo el acento

Downeast en su mente con una risita interior. Esta perdió el argot de Maine durante seis años, aunque este va y viene a su antojo, provocando que se autocorrija a menudo.

-Covington Cove.

-Estás en las afueras con todos los animalitos, aunque es precioso. Yo solía ir de excursión cerca de Acadia. Pero debe ser un lugar solitario, no hay mucha gente en esas zonas.

-El Parque Nacional Acadia es bonito-dice Ravine, recordando todas las veces que estuvo con Edward y Olivia acampando, haciendo senderismo y montando en kayak-A veces puede ser un lugar solitario, pero te acostumbras.

-Una vez vi algo espeluznante en Acadia. Después del susto, dejé de ir de excursión yo sola. Hace años que no voy allí.

-¿Qué fue lo que viste?

-Fuese lo que fuese, no era humano. Allí está ese lugar llamado "La Puerta del Infierno" y mis amigos y yo intentamos hacer un reto; ya sabes, adolescentes estúpidos haciendo cosas estúpidas. Pero esa fue la última vez que fui a ese lugar. No puedo decirte qué fue lo que vi, pero no era una persona ni un animal. Proyectaba una gran sombra sobre el suelo. Hacíamos bromas diciendo que un monstruo se había escapado del laboratorio clínico cercano a la zona.

-Es un centro destinado a la investigación. Mi familia trabaja ahí.

-Ah, ¿qué tipo de trabajo hacen?

-Investigación biomédica...mi tío y mi tía son investigadores científicos y trabajaron en estudios regenerativos, pero ahora están jubilados.

-Regenerativos, ¿qué es eso?

-Estudios para revertir o retrasar el proceso de envejecimiento.

-Qué lástima que no puedan detener el envejecimiento por completo. A mí me vendría bien una cura estos días-dice acariciando su apretado moño con una risa tímida-Entonces, ¿te diriges a casa para visitar a la gente o te mudas otra vez ahí?

-Solo voy de visita.

-Bueno, disfruta del pastel, y si cambias de idea sobre la sopa de almejas grita mi nombre, que es Maddie.

-Lo haré, Maddie. Gracias.

Regenerativo...Ravine siempre se hizo preguntas sobre el trabajo de Olivia y Edward. Durante un tiempo, pensó que su investigación implicaba remedios naturales porque ellos siempre traían a casa extrañas algas verdes y preparaban un té por la noche. Una infusión que Olivia afirmó que les mantenía jóvenes y llenos de energía. Ravine supuso que habían utilizado trozos de hierba verde esmeralda para los estudios de laboratorio y no tenía ningún interés en tomarla. Una muestra de la infusión de ajenjo fue suficiente.

-Un día te ayudará a sentirte mejor-le dijo Olivia en una ocasión. Ravine dio por hecho que esta se refería a si alguna vez tenía un resfriado o una enfermedad leve.

Ravine observa que son las 9 de la noche en el reloj redondo de madera de estilo retro que hay en el comedor. Sacando el teléfono móvil de su bolso, marca el número personal de Edward y también lo intenta con el número de su casa. Siguen sin contestar. Ellos siempre están en casa por la noche. Se le quita el hambre, pero su estómago necesita algo consistente para el viaje de tres horas que tiene por delante. Engulle la mitad del pastel, incapaz de acabar el resto.

Sin duda el pastel de Olivia es el ganador-piensa. Mira por la ventana su Jeep Renegade cubierto de polvo, imaginándose a Edward y a Olivia en grave peligro, heridos, o peor aun, muertos. Sale rápidamente de la mesa con su chocolate caliente, paga a la cajera y se despide de la camarera de Bah Hahba agitando el brazo.

-¡Que tengas un buen viaje!

-Gracias, Maddie. Cuídate-grita mientras sale corriendo por la puerta.

OLIVIA
EL DESPERTAR DE CAILLEACH

"¡**C**ailleach!"

La sensación de sobrevolar el mar y los acantilados irregulares se apodera de Olivia. Unas alas enormes aprietan su frágil cuerpo y después liberan una bandada de cuervos. Un grito salvaje le devuelve a la realidad. Aturdida, mira alrededor del estudio sin saber cómo había llegado allí. Lo último que recuerda fue estar sentada en el porche tomando té y observando la luna en cuarto creciente.

¿Qué hora es?-se pregunta. Ojea el reloj del ordenador con incredulidad. Forzando la memoria, solo le viene a la mente el porche y estar tomando té, nada más-¿Qué ocurrió durante la última hora?

Una nota adhesiva pegada al ordenador le avisa: "LEE TU DIARIO".

Olivia se arma de ingenio, abre el diario digital

y lee una entrada que había escrito cuando su memoria comenzó a fallar:

"Ten cuidado con Cailleach. La criatura de ónix siempre aparece cuando hay luna llena. Resguárdate en la cochera. Sus paredes y ventanas reforzadas con acero te protegerán de la bestia".

Olivia está segura de haber visto antes la luna en cuarto creciente, lo que significa que tiene cinco días por delante hasta que haya luna llena.

-Esta noche estoy a salvo, pero es mejor no confiar en mi memoria defectuosa.

Mañana actualizaré el software-murmura-Y no tengo por qué dormir en la cochera esta noche. Estaré segura arriba, en la cama donde he dormido durante treinta años.

Olivia apaga el ordenador y camina hacia la puerta.

-Vamos Axel, hora de dormir-mirando su cojín, se extraña de que el perro no esté ahí o bajo sus pies-¿Axel? Qué raro, ¿a dónde ha ido? ¿Axel? Bueno, vendrá conmigo cuando esté listo.

Olivia apaga las luces y sube las escaleras. Según se acerca a su habitación, se da cuenta de que la puerta del dormitorio de su hermano está entreabierta. Jamás está abierta cuando él no se encuentra en casa. La mujer registra el interior del cuarto, advirtiendo un desorden poco habitual.

Edward suele ser bastante ordenado-piensa.

Las sábanas y los edredones cuelgan de forma descuidada de la cama hasta el suelo. Una zapatilla de estar por casa se apoya en el centro de la habitación y la otra está torcida en una esquina. Junto al ordenador, hay varios libros y cuadernos que se alinean en la cama. Debe estar en casa.

Edward nunca se marcha sin su ordenador portátil-se dice a sí misma. Recorre el interior de su baño privado vacío y después regresa al pasillo.

-¿Edward?-grita-Seguramente estará en la cocina comiendo algo como suele hacer a altas horas de la noche-piensa. Pero sus huesos afligidos le duelen demasiado para bajar y subir las escaleras otra vez.

Olivia se dirige a su habitación, agacha la cabeza y se deshace su habitual moño en el cogote. Caminando hacia el tocador con espejos, lanza tres horquillas grandes en una caja decorada con topacio. Dicha caja fue un regalo que su madre le hizo cuando cumplió dieciocho años, el mismo año que conocieron el destino de los Lereux. Vagamente, sus ojos se desvían hacia una imagen vidriosa, abriéndose con incredulidad. Su respiración se detiene mientras se tambalea hacia atrás horrorizada. En el espejo, unas enormes alas que parecen dagas se despliegan como si fuesen dedos que se abren, dando paso a una mujer brusca con el cabello negro azabache. El espejo de vidrieras antiguas tiembla y se hace más grande. La telaraña se resquebraja y se hace añicos, provocando que como en una explosión, salgan cuervos veloces como el rayo de las entrañas de la mujer.

Olivia se arrodilla y se cubre la cabeza, esperando que los pájaros le destrocen. Las alas ensordecedoras invaden la habitación, desapareciendo después con un zumbido en una ráfaga. La mujer mira por encima de sus brazos y levanta la cabeza, observando el suelo en busca de cristales rotos. Tras comprobar que el suelo está despejado, se queda mirando el espejo intacto con un chillido.

¿Me lo habré imaginado todo?-piensa.

Se levanta del suelo y se vuelve a mirar en el espejo. Una respiración aguda aumenta su conmoción. Una anciana con rizos grises y mustios sobre sus hombros huesudos le mira con el ceño fruncido. Olivia levanta las manos para contemplar su piel, una vez morena y lisa, ahora con manchas y arrugada. Sus seductores ojos felinos de color verde esmeralda son el único vestigio de su decadente juventud y belleza.

-Soy yo…¿soy tan vieja? Parezco una mujer de noventa años, no de setenta. No puede ser-molesta y estremecida, lanza su cálido chal sobre el espejo mentiroso-Mi mente cansada necesita dormir, eso es todo.

Los tics de hormigueo bajo su piel provocan que los dedos de sus manos y sus pies ardan. La infusión de hierbas…-piensa. Está demasiado cansada para pisar la cocina, así que se desviste y gatea bajo la sábana, vestida solo con su piel desnuda. Desearía que Axel estuviese tumbado en el suelo junto a la cama como cada noche. No escucha el ruido de sus patas ni tampoco a Edward en la cocina, tan solo el rápido latido de su propio corazón y sutiles y diminutos crujidos bajo la piel. Mientras Olivia cae en un profundo sueño, la crueldad de los cuervos acecha dentro de la jaula.

RAVINE
LA CRUELDAD DE LOS CUERVOS

TRES HORAS DESPUÉS, A MEDIANOCHE, Ravine llega a Covington Cove. El todoterreno serpentea por varias carreteras estrechas y sube por cuestas empinadas en las que hay abedules y pinos otoñales, dirigiéndose hacia el acantilado que se encuentra más adelante. La brisa se diluye y la noche cambia. Una densa niebla se arremolina sobre las copas de los árboles y se desliza hacia abajo, formando una barrera diáfana que divide el camino que hay por delante. Si ella no estuviese familiarizada con la zona juraría que el otro lado no existía. Un tibio y húmedo mes de octubre justificaría la espesa niebla, pero claramente hay treinta y ocho grados.

Los zarcillos translúcidos en forma de remolino se tragan el todoterreno, sofocando las vistas antes de liberar el coche ante una niebla más fina. La cuesta se aplana y después desciende, mostrando un bulto oscuro vagando más allá de la luna llena sobre Frenchman Bay. La casita blanca aparece como si de un cuadro tridimensional surrealista se tratara. Las cabezas de los tilos color ámbar tiemblan con la brisa, agitando el follaje por toda la casa sombría. Las ventanas con contraventanas de color verde laurel parecen estar con los ojos abiertos, vigilando el patio. El porche de madera contrachapada, descolorido por el sol, sonríe de forma misteriosa a la luz de los faros.

Ravine aparca el coche junto a la casa tranquila; reza para que Edward y Olivia estén a salvo dentro de esta. Baja la ventanilla, se traga el abedul, el pino y el aire con olor a mar, y exhala un suspiro prolongado, disolviendo la tensión creciente. Los espasmos musculares, que la acosan desde que salió del restaurante, se cuelan por sus pies y sus pantorrillas, y ahora bailan sobre sus muslos. Algo se despierta dentro del coche, se frota y empuja, provocando el pánico. Ravine salta del todoterreno y se sacude brazos y piernas, desesperada por detener a lo que está debajo.

De forma inmediata, una carga activa el aire, provocando que se le ericen los pelos de los brazos. Asustada, se pone rígida y abre los oídos mientras los escalofríos recorren su piel. El miedo paralizante que sintió cuando era una niña vuelve a apoderarse de su mente.

Está ocurriendo-piensa.

Se hace un silencio siniestro como si los cielos se hubiesen detenido por su llegada. Ravine mira alrededor del patio, abraza su cintura con los brazos temblorosos y echa un vistazo a la parte trasera del recinto. Las hojas en movimiento se detienen con las brisas silenciosas conteniendo el aire…esperando al igual que ella. La necesidad creciente por descubrir la verdad supera su miedo.

Como prueba de ello…¡tengo una cámara!-se dice a sí misma. En vez de correr hacia el interior de la casa para refugiarse, Ravine abre la puerta del coche y toma la cámara que está en el asiento trasero.

Si la cámara capta esto, ¡sabré que es real!-piensa.

La joven quita el tapón cubreobjetivo de su cámara Canon EO5 Rebel, la pone en modo grabación de vídeo y camina con pasos vacilantes hacia el patio trasero. Un aleteo surca el silencio cerca de la casa tenebrosa. Es un sonido muy leve pero discernible, que siempre precedía a la aparición cuando Ravine era una niña. Esta contempla una reunión de cuervos vigilantes posados en los peldaños de la exótica jaula, esperando la llegada de la criatura como hicieron años atrás.

Un extraño grito humano surge del patio trasero. Elevando la cámara hacia su rostro, Ravine reanuda un paseo inseguro. Al doblar la esquina, un ataque desafía su siguiente paso, apoderándose de todo su cuerpo. La cámara se le escapa de sus manos temblorosas y la agitación ataca a sus piernas. Cae sobre las rodillas, retorciéndose y con molestias por el dolor.

Esto nunca ha sido tan intenso-piensa. Ravine aprieta su vientre con fuerza para dominar lo que sea que esté atravesando sus entrañas. Sus dedos se arrugan con fracturas que abren su columna vertebral. Antes de que la oscuridad consuma su vista menguante, una figura vestida de blanco y que cojea dirigiéndose a la jaula atraviesa su campo de visión.

-¿Olivia?-La jaula se vuelve negra con las alas que toman impulso.

Están listos.

OLIVIA
LA CRIATURA DE ÓNIX

MIENTRAS OLIVIA DUERME, UNA SOMBRA OSCURA SE DESLIZA POR SU PIEL. El corazón le palpita como si fuese una mariposa atrapada en su pecho huesudo y le despierta con un sarpullido de sudor.

-¡Está aquí!-su respiración se acelera debido al miedo-La cochera…

Echándose una bata sobre su cuerpo desnudo, baja las escaleras arrastrando los pies y se tambalea por el piso principal-Viene demasiado rápido-piensa.

Antes de girar el pomo de la puerta y de cruzar el umbral, la oscuridad se arrastra sobre sus músculos. La criatura de ónix se desliza como el hielo, tiñendo su cabello grisáceo, su piel morena y sus venas verdes de un tono azul oscuro casi negro. La bata sedosa de color blanco se retuerce y se balancea ligeramente por las frágiles caderas de Olivia. La cinta de la bata provoca que sus pies se enreden, haciéndole caer por las escaleras del porche ocultas por la niebla. Un grito causado por la fracturación de los huesos desgarra la noche tranquila mientras Olivia se balancea en la agonía.

No hay tiempo para detenerse ni para ocuparse de la tibia rota-Tengo que llegar hasta allí-piensa. En la distancia la niebla de la bahía flota más allá de la media luna de cristal.

¡Hay luna llena!-Olivia siente que la oscuridad se apodera de su alma-No llegaré a la cochera-se dice a sí misma-Se arrastra por la hierba del rocío y después se pone en pie, llena de dolor. Cojeando, tira de su pierna rota hasta la jaula que se encuentra a unos metros de ella.

La criatura es rápida tirando, agarrando, rasgando y retorciendo la piel, los músculos y los tendones como si de una llamarada veloz se tratase. Los agudos graznidos del cuervo se mezclan con los gritos de Olivia mientras los espasmos veloces dañan sus músculos, desde la columna vertebral hasta los pies. Su alma se marchita vacía. Finalmente, al escapar de su cuerpo menguante, su bata se balancea y flota de forma fantasmal en el aire. Con los brazos extendidos, la mujer logra alcanzar la jaula. Justo cuando cruza la puerta de hierro forjado, el pomo se desliza a través de sus dedos marchitos y el suelo desaparece bajo sus pies. La criatura de ónix se apodera de ella y le lleva hacia la oscuridad, seguida por cuervos que aletean y graznan detrás de Olivia.

LA CRIATURA VUELA DESPUÉS DEL CREPÚSCULO sobre Porcupine Island. Tan rápido como se apoderó de Olivia, la libera demasiado pronto, sin llegar a alcanzar el acantilado irregular que se aproxima lentamente. Los ojos salvajes se hacen más grandes cuando la criatura le abandona tan rápido. Sus alas se estiran; sus garras se ensanchan y arañan el saliente rocoso. Una de sus garras se rompe, la tierra arroja restos de esta y un chillido sigue a una ráfaga salvaje de brazos alados que se aferran a la nada. El acantilado se eleva a gran velocidad mientras el viento azota el cuerpo de Olivia, que cae al precipicio rocoso de abajo. Las alas se extienden y se elevan justo antes de que ella impacte contra la roca.

RAVINE

LA ÚLTIMA LEREUX

UN GRITO AGUDO DESPIERTA A RAVINE para encontrarse con una lengua húmeda que lame su cara.

-¿Axel? La querida mascota de Olivia…

Ravine se levanta, mirando a su alrededor, confusa. El perro ladra, da vueltas alrededor de ella y después corre hacia el muro bajo que rodea el acantilado. Se detiene y araña el suelo con sus patas rápidamente, tratando de cavar un agujero bajo el muro.

¿Qué está haciendo?-piensa ella. Recordando el fuerte chillido que le despertó, se pone de pie y camina hacia Axel. A lo lejos, el sol hace que el horizonte se incline. Pasó la noche entera a toda prisa-¿Dormí aquí toda la noche?

Ravine mira por encima del muro de piedra, hacia una zona con matas de hierba y rocas arrancadas. Las plumas negras y las marcas de los arañazos se extienden hasta el borde del acantilado. Axel ladra otra vez. Él también debe haberlo escuchado.

Parece como si algo se hubiese caído por el precipicio…¿pero qué?-se pregunta a sí misma. Una brisa sopla sobre el acantilado, helando sus piernas. En seguida es consciente de que está desnuda, así que agarra su cuerpo con fuerza y corre por el patio recogiendo sus prendas y vistiéndose rápidamente- ¿Qué sucedió anoche?

Recuerda haber conducido hasta la casa y salir del todoterreno, pero nada más. Cerca del porche, su cámara se encuentra tirada de lado por el suelo. Tras limpiar el polvo de la lente y comprobar si se ha dañado, respira aliviada. No tiene ni un solo arañazo.

Al pulsar el botón de play, el vídeo en pausa clama con horribles graznidos, gruñidos y chillidos. Los ojos de Ravine se abren como platos. Se queda boquiabierta, silenciando un jadeo sonoro mientras las imágenes insondables de Olivia se vuelven extrañas al verlas al revés; esta es un ser medio humano, medio alado. Los cuervos se abalanzan desde el interior de la jaula, rodeando a la mujer y elevándola hacia el cielo. El frenesí pinnado asciende como si de un sueño se tratara, fuera de la visión de la cámara.

-Olivia…

Con incredulidad, Ravine se queda temblando;

la sangre le palpita con repulsión y su mente se agita debido a la aversión. Esta cae al suelo, baja la cabeza y se abraza las rodillas contra su pecho. Su pelo de rizos enredados cae sobre su rostro y rodillas ocultando un torrente de emociones. Aprieta sus rodillas con más fuerza, deseando aplastar a su otra mitad hasta la nihilidad. Las palabras de Edward resuenan en su mente.

"Pronto llegarás a comprender quién y qué eres".

Una punzada aguda de conciencia ataca su mente. Edward y Olivia se han marchado…al igual que sus padres.

Ravine se acurruca en el suelo húmedo durante varios minutos mirando más allá del acantilado y acariciando el pelaje de Axel para consolarse. Finalmente, comprende que el impulso mensual de escapar o emprender el vuelo es más fiel, además de su anhelo por el bosque y el mar. Está en su naturaleza. Las palabras de la preocupante carta de Edward se adueñan de sus pensamientos.

"Con el paso del tiempo me he preparado para tu regreso. En el sótano hallarás el resultado de años de trabajo".

. . .

Temblando por el aire fresco de la mañana, Ravine se pone de pie y se quita la hojarasca de la ropa y del cabello. Axel se levanta, le sigue hasta la casita y baja las escaleras del sótano. Un penetrante aroma a hierbas impregna el lugar. Se trata del mismo olor que había apreciado de la tetera de Olivia, la cual no paraba de echar vapor. Enciende la luz y un gran terrario que ocupa toda la habitación reluce con algas sumergidas en el agua. Por las paredes del sótano, los estantes con frascos de cristal etiquetados relucen con un polvo verde fluorescente, las Algas Lereux, inundando la habitación. En la esquina, Ravine se acerca a un escritorio lleno de cuadernos de Edward y en el que también se encuentra un sobre dirigido a Ravine Lereux.

Ravine:

Si estás leyendo esta carta es porque Olivia y yo nos hemos marchado. No estés triste, tuvimos una vida larga y feliz. Por favor, perdónanos por haberte ocultado la verdad durante tantos años. Quisimos que tuvieras una infancia normal y un hogar lleno de amor. Ravine, eres una joven especial. Eres la última Lereux y la guardiana de estos acantilados tempestuosos. No tengas miedo de abrazar a tu Cailleach, el cuervo interior. Posees un poder extraordinario; canalízalo bien y tendrás una vida maravillosa como la nuestra.

Aquí en el sótano dejé provisiones de algas que controlarán tu dolor y dominarán a la criatura. Encontré estas algas en Acadia hace veinticinco años. Al utilizarlas con éxito en muchos estudios regenerativos, en el laboratorio, también descubrí que estas bloquean y disminuyen la condición de Lereux. Estas provisiones durarán toda la vida si se toman en pequeñas dosis diarias, con una advertencia: con la edad (aproximadamente cuarenta y ocho años), el efecto de las algas disminuye. Deberás aumentar las dosis cuando esto ocurra.

Por si aún no te habías dado cuenta, con cada luna llena la criatura y tú os convertiréis en un solo ser. Cuando aparezca la Cailleach, una vieja bruja con una legión de cuervos, sabrás que viene la criatura. La cochera del patio de atrás está reforzada con acero. Refúgiate allí cuando haya luna llena.

Es hora de que Olivia y yo nos reunamos con nuestros antepasados, pero siempre estaremos cerca. En el Parque Nacional Acadia existe un lugar llamado "La Puerta del Infierno", que los lugareños bautizaron de forma inapropiada. En mi ordenador encontrarás un mapa que te llevará hasta ese punto, un lugar celestial entre el pasado y el presente donde viven los cuervos guardianes que guían a los condenados hacia su verdadero yo. Allí encontrarás a tu familia.

Acuérdate de la jaula, la visitaremos a menudo.

Te quieren siempre,
Edward y Olivia

En algún lugar encantado

RAVINE LLENA LOS COMEDEROS PARA PÁJAROS con bayas, semillas y agua y rastrilla las hojas otoñales de la jaula. Lleva dos semanas en casa y sorprendentemente no piensa en fugarse. En el momento en el que descubrió su verdadera naturaleza, la criatura se adhirió con firmeza a su espíritu.

Este lugar es mi hogar. Soy de aquí-piensa.

Axel corre por la jaula ladrando a dos cuervos que aparecen cada día desde que Ravine llegó; estos se apoyan en un peldaño de arriba, erizan sus plumas y se picotean el uno al otro. Leyendo el diario de Olivia, descubrió un párrafo sobre un cuervo llamado Streak. Ella está segura de que ese cuervo es el tío Edward, y el de ojos verdes es la tía Olivia.

-¡Hola!

Ravine gira la cabeza hacia un joven de su edad, el cual va vestido con ropa de senderismo, lleva una mochila y luce una atractiva sonrisa.

-Ravine...¿Rave?

-¿Sí?

-Soy Brent, Brent Gibson, ¿te acuerdas? Estuvimos juntos en el colegio. Olivia solía prepararnos pasteles. Comíamos juntos en el porche.

-Brent, oh, sí, claro que me acuerdo. Has crecido.

-Tú también. Me alegro de volver a verte-dice, pasando cerca de un montículo de hojas rastrilladas-¿Edward y Olivia se marcharon a Florida?

Ravine se siente aliviada al saber que no tiene que inventar medias verdades. La nota de Edward explicaba que le había contado a los Gibson y a sus amigos que pronto se retirarían tanto Olivia como él a la soleada Florida. Este se había dado cuenta de que se levantarían sospechas entre la gente, sobre todo teniendo en cuenta la historia familiar de los Lereux. Echando un vistazo a la jaula, lanza una sonrisa clandestina a dos cuervos que se acurrucan.

-Sí, se marcharon. Están en algún lugar encantado.

FIN

Querido lector,

Esperamos que haya disfrutado leyendo *Ravine Lereux*. Por favor, tómese un momento para dejar su reseña, aunque sea breve. Su opinión es importante para nosotros.

Atentamente,

E. Denise Billups y el equipo de Next Chapter

AGRADECIMIENTOS

"Ningún hombre es una isla" es una de mis frases favoritas y una verdad como un templo. Nada se consigue solo, y esto ocurre siendo escritora y también en cualquier otra profesión o aspecto de la vida. Me gustaría dar las gracias a tres autores con mucho talento que me han demostrado lo que significa retribuir a la comunidad de escritores. Bebe, JDW, y JB, gracias compañeros, por reservar un hueco en vuestras apretadas agendas para ofrecerme comentarios críticos, conocimientos e inspiración para perfeccionar esta breve obra de ficción. Sois una auténtica bendición.

También me gustaría dar las gracias a dos personas especiales en mi vida: mi tía Ouida y mi tío Benny, por su incansable apoyo y amor.

ACERCA DEL AUTOR

Imagínese el aire sofocante, el anochecer, la oscuridad total y los inquietantes espíritus de Alabama ocultos bajo el manto de la noche susurrándole sus historias. Este es el ambiente habitual del Sur Profundo que quedó grabado en mi juventud, antes de mudarme con nueve años de edad a la ciudad de Nueva York; aquello supuso todo un contraste con mis raíces de origen. Sin embargo, el sur sigue profundamente anclado en mi mente mientras estoy creando mundos desde la ciudad en la que vivo.

Soy una escritora con una mezcla extraña de encanto sureño y norteño, nacida en Monroeville, Alabama, y que creció en la ciudad de Nueva York, donde vivo actualmente, además de trabajar en el sector financiero y como columnista autónoma. Como escritora emergente de ficción, he publicado tres novelas de suspense: "Kalorama Road", Chasing Victoria" y "By Chance"; además de dos historias breves de temática sobrenatural: "The Playground" y "Rebound". Soy una ávida lectora

de géneros como realismo mágico, misterio, suspense y novelas de temática sobrenatural; me influ-
yeron mucho los autores de este tipo de literatura.

Gracias por leer "Ravine Lereux". Si le gustó el relato, le ruego que me deje su reseña en la web de la tienda donde usted adquirió el libro. Agradeceré sus reseñas ya que estas suponen un apoyo para mi éxito como escritora independiente. ¡Gracias otra vez por leer "Ravine Lereux"!

E. Denise Billups
www.edenisebillups.com

Ravine Lereux
ISBN: 978-4-82411-963-6
Edición de Letra Grande

Publicado por
Next Chapter
1-60-20 Minami-Otsuka
170-0005 Toshima-Ku, Tokyo
+818035793528

8 diciembre 2021